Cerdito

y

su barriga hambrienta

Cerdito

y

su barriga hambrienta

Texto e ilustraciones:

Piret Mildeberg

El pequeño CERDITO se despertó.

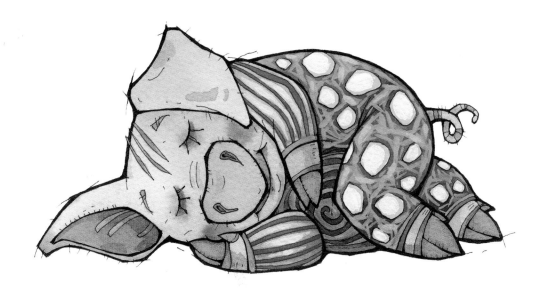

Como se sentía aburrido de estar solo
y su barriga estaba horriblemente vacía se dijo:

¡OINK!

—Daré un paseo a ver si encuentro a alguien.

Quizás también encuentre un bocadillo caliente.

CERDITO caminó
un poco, miró alrededor
y vio una casa cuyos
habitantes conocía.

Además,
la casa tenía
una olla humeante
en cada ventana.

¡OINK!

¡GENIAL!

¡GENIAL!

—¡El lugar adecuado
en el momento adecuado!

CERDITO, feliz, se dirigió
hacia la primera puerta del primer piso.

¡Su barriga estaba vacía,
pero tenía grandes
esperanzas!

¡HOLA!

Llamó a la puerta.
La abrió un ratón.

—¡Hola, BIGOTES!
¿Qué tal? ¿Cómo estás?

—¡Oh! ¡Genial! ¡Pues aquí estoy!

—¡No, tú no!

He invitado a TOPO, RATA y la señora CONEJA.

Puedes venir otro día.

—¡BUENOS DÍAS!

CERDITO no se desanimó y subió al segundo piso.
Su estómago hacía ruidos como si fueran truenos.

—¡Ojalá encuentre algo de comer aquí!

¡TOC-
TOC!

Un gato abrió la puerta.

—¡Hola, GATITA!
Pensé que estaría bien hacerte una visita. ¿Haces algo?

—¡Hola, HOCICO!

¡NO! ¡NO!
¡NO!

Hoy no haré nada.

ARDILLA, TEJÓN y el señor ZORRO
llegarán en cualquier momento.
Tú, mi amigo rosa, puedes venir la semana que viene.

¡BUENOS DÍAS!

El pequeño CERDITO, triste, subió penosamente al tercer piso, hasta la tercera puerta.

—¡Ahora, sólo tengo que encontrar algo para comer!

¡TOC-
TOC-
TOC!

—¡HOLA! ¡HOLA! ¡HOLA!

Un perro abrió
la puerta.

—¡Oh, eres tú,
COLA-RIZADA!
¿Necesitas algo?

—¡Hola, hola, hola,
OREJAS-CAÍDAS!

—Sólo he venido a charlar, ¿lo ves?

—¡NO! ¡NO! ¡NO!

No tengo tiempo ahora.

LOBO, OSO y su gran
pariente, JABALÍ,
llegarán en un minuto.

¡ADIÓS!
¡QUE TENGAS
UN BUEN DÍA!

¡CERDITO ya había tenido suficiente!
El HAMBRE lo había vuelto odioso.

—¡NO ESTOY HECHO PARA SER HUÉSPED DE NADIE!

—gruñó CERDITO.

¡OI-I-I-NK!

Y estampó su pezuña contra el suelo. La estampó
tan enfadado y con tanta fuerza que toda la casa retumbó,
haciendo que las tres ollas cayeran desde el alféizar
de la ventana sobre la hierba.

CERDITO no tuvo ninguna compañía aquel día, pero consiguió una barriga llena.

Con todo lo que le había costado subir y bajar las escaleras
y el rápido y delicioso atracón que el pequeño animal
se había dado, estaba exhausto.

CERDITO se acostó de lado

y se quedó profundamente dormido.

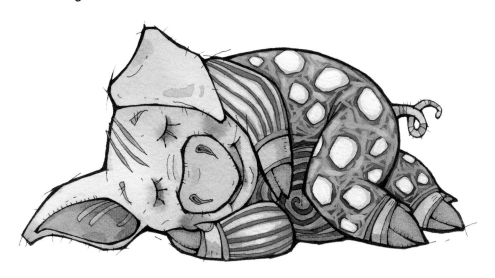

Éste es el sueño que tuvo...

Puedes consultar nuestro catálogo en
www.picarona.net

CERDITO Y SU BARRIGA HAMBRIENTA
Texto e ilustraciones: *Piret Mildeberg*

1.ª edición: junio de 2018

Título original: *Notsu ja nälg*

Traducción: *Verónica Taranilla*
Maquetación: *Montse Martín*
Corrección: *Sara Moreno*

© 2016, Päike ja Pilv,
derechos de traducción cedidos a través de S. B. Rights Agency,
www.sbrightsagency.com
(Reservados todos los derechos)
© 2018, Ediciones Obelisco, S. L.
www.edicionesobelisco.com
(Reservados los derechos para la lengua española)

Edita: Picarona, sello infantil de Ediciones Obelisco, S. L.
Collita, 23-25. Pol. Ind. Molí de la Bastida
08191 Rubí - Barcelona
Tel. 93 309 85 25 - Fax 93 309 85 23
E-mail: picarona@picarona.net

ISBN: 978-84-9145-181-5
Depósito Legal: B-9.392-2018

Printed in Spain

Impreso en España por SAGRAFIC
Passatge Carsí, 6
08025 - Barcelona